U0074867

甘丹小學新生任務 2

愛米莉交朋友 社交力

文 王文華　圖 奧黛莉圓

目錄

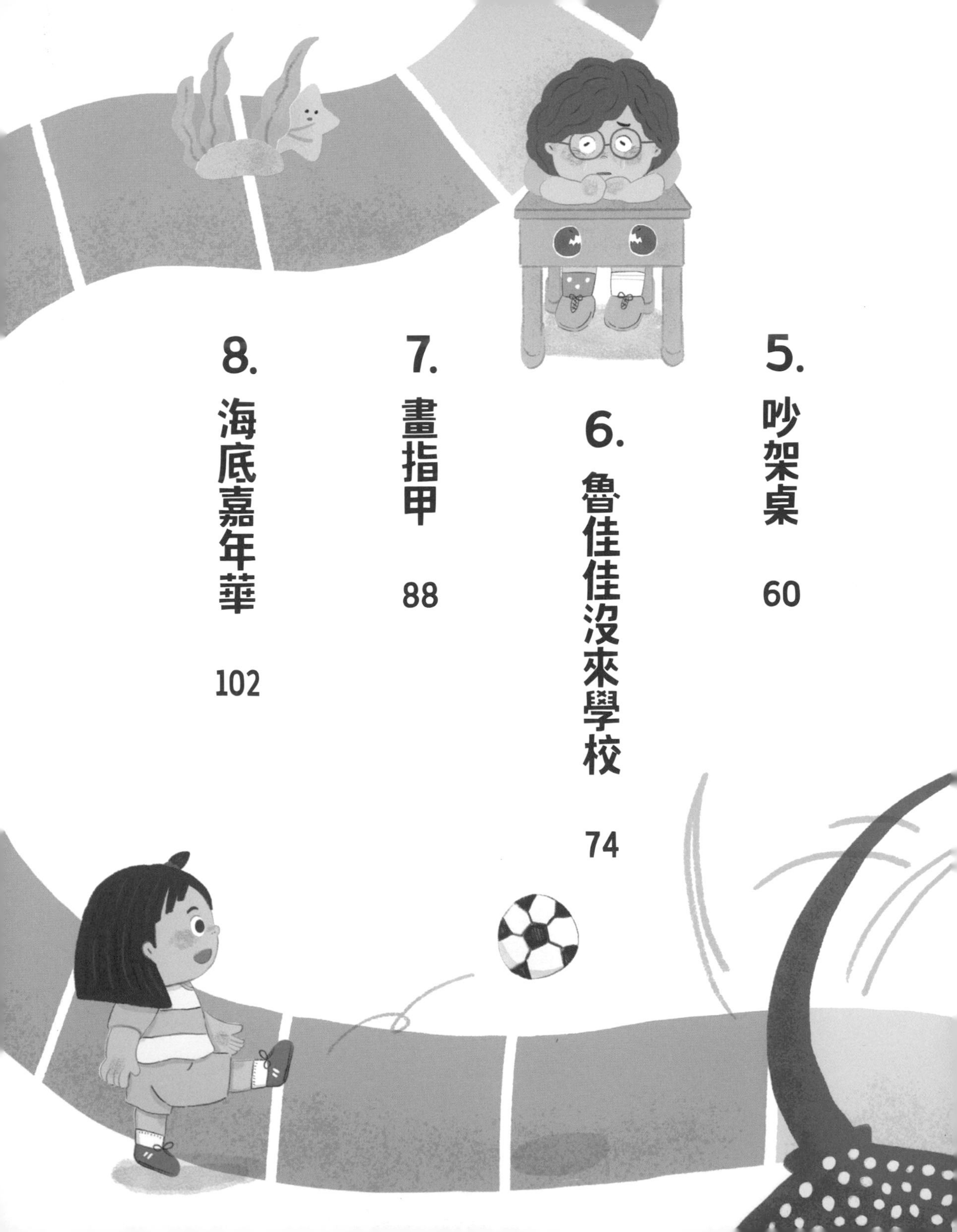

1 愛笑的天使魚

校慶快到了！我們一年級要在校慶那天，扮成海裡的小魚跳舞。

上課時，鯊魚老師先示範跳給我們看。魯佳佳說他跳起來，好像一根雞毛撢在跳健康操，她衝上臺和老師一起跳，還要我也一起上去跳。

我正想上去，鯊魚老師卻說：「愛米莉，你跟楊潔心一組，你們兩個扮天使魚。」

楊潔心？她看起來凶凶的。

我看著她，她也看著我。我跟魯佳佳說，她看起來很凶耶。

魯佳佳說：「你就給她凶回去啊！」

凶回去？我會！我走過去，故意凶凶的看著她，她就凶凶的看著我。

鯊魚老師說我們是兩條凶巴巴的天使魚。

「來，一二三，跳！」鯊魚老師示範完，我和楊潔心就開始跳，可是全班都在笑。

大家都說：「你們看起來好生氣喔！」

「生氣的魚，來，我們一起跳。」

鯊魚老師故意在前面說：「生氣的天使魚，左邊一下，右邊一下，還要扭扭屁股。」

「老師，你像一根發抖的雞毛撢耶！」魯佳佳大叫。

鯊魚老師竟然說：「生氣的天使魚，快跟發抖的雞毛撢跳起來，而且，不准笑！」

鯊魚老師的樣子好好笑，我忍不住笑了。

楊潔心也笑了，她笑起來很好看啊！

笑著笑著，我發現笑比凶輕鬆多了。

我問楊潔心：「你還要一直凶下去嗎？你笑起來明明很好看！」

「我哪有凶啦！」楊潔心說。

「可是你剛才都凶凶的。」

「你也凶凶的啊！」

「那我們現在開始，改成笑笑的？」

她點點頭，然後笑了。我們是兩條愛笑的天使魚，揮動手臂，繞著全班慢慢的游。

下課了，楊潔心和我手牽手到操場散步。跑道邊有很多葉子落下來，一陣又一陣。

魯佳佳追過來，對我喊：「愛米莉，我們去盪秋千！」

我說我們現在想散步。

魯佳佳不太開心的問：「你為什麼不跟我玩了？」

「沒有啊，只是我現在比較想散步。」

「那我怎麼辦？」

我拉起魯佳佳的手，再拉起楊潔心的手：「一起來散步啊！」

訣竅1 做個有禮貌的好朋友

我們都喜歡有禮貌的人，如果總是面帶微笑，把「請」、「謝謝」、「對不起」掛在嘴邊，一定會很受歡迎。做個有禮貌的人，把微笑掛臉上，才容易交到朋友。

請你借我看好嗎？
請
謝謝你借我書。
謝謝
隔天
對不起，我不小心弄破了。
沒關係。
對不起

甘丹小學新生手冊

2-1 交朋友，打開新視野

學校裡，如果能多交幾個好朋友，下課就有好朋友陪你玩。作業有不會的題目，也能向好朋友請教。快樂有人分享，傷心有人安慰，是不是很棒？但是，要怎麼交朋友呢？

訣竅2 做個主動的好朋友

如果沒有把想的事情說出來，別人就不知道你在想什麼。想跟別人一起玩，想要交到好朋友，就要自己主動靠近、主動說出自己的想法！

訣竅3 做個尊重別人的好朋友

跟朋友一起玩很開心，但沒有經過同意，不能隨便拿別人的東西；別人不想玩的遊戲、不想做的事，也不能強迫他。這樣，才是真正的好朋友喔。

別人玩得正高興時，要等他們玩到一個段落再提出要求，不然很容易被拒絕喔！
看起來好好玩。
等你們玩完這輪，可以讓我加入下一輪嗎？

看我的！
進球了！
我可以跟你們一起玩球嗎？

一起來練習：我想交朋友，卻開不了口怎麼辦？

沒開口，就沒人知道你在想什麼。我們先來練習，遇到以下狀況時，可以怎麼說。多說幾次，你就不怕交不到朋友了。

2 心願卡

練完運動會的舞蹈，楊潔心送我一個草莓髮夾。

髮夾上面有兩顆草莓，紅紅的。如果把它們拿起來，對著天空，就會看到草莓上出現愛心，好美啊！

剛剛練習的時候，我跟她說，你的髮夾好漂亮，她就拿下來，說要送給我！

「可是這是你的髮夾！」

「因為你喜歡它啊，送給你。」

楊潔心幫我把髮夾別好，還說：

「你戴起來也好漂亮！」

吃點心的時候，媽媽問我髮夾是從哪裡來的？

聽完後，媽媽說：「那你應該送個回禮，謝謝她送你髮夾！」

「那要買什麼禮物呢？」我問媽媽。

「禮物是你的心意，不一定要花錢買。你的朋友平常喜歡什麼呢？」

哇，好難喔！我想了很久，什麼是楊潔心喜歡的呢？

送什麼呢？

送什麼呢？

我在房間走來走去，想不到要送什麼。

窗外的葉子轉紅了，看起來好美啊。

我想到了，前幾天，楊潔心看到學校的落葉時說，要是葉子再紅一點就好了。

我想，她一定很喜歡紅色的葉子。

所以，我跑到樹下，找到最紅的那片葉子，拿筆寫上：

楊潔心收到葉子好高興。隔天，她送我一個自己種的小盆栽。魯佳佳也送我們一人一本筆記本。她說，你們兩個一天到晚送來送去，我也要加入，因為我也是你們的好朋友啊！

回到家，我和媽媽討論，魯佳佳喜歡運動，楊潔心喜歡漂亮風景，所以我找出上次去澎

湖的明信片，一人送一張。

結果，楊潔心隔天送我一顆石榴，魯佳佳也把她的小布偶帶來給我。

我問媽媽：「怎麼辦？我沒有東西可以送了。」

媽媽卻問我：「除了送禮物以外，交朋友還有沒有更好的方法呢？」

晚上我睡不著。

唉呀！要送什麼給楊潔心，又要送什麼給魯佳佳？

越想越睡不著，不知道她們想禮物的時候，是不是也很煩惱？

咦！我突然想到，該送什麼東西了！

我爬起來，在書桌上寫了兩張卡片，上面都只有一句話：

我還畫了大大的愛心。寫完，我就沒有煩惱了。

訣竅1 禮輕情義重

禮物不是越貴越好，最好是你自己也喜歡的東西，好東西跟好朋友分享，你的心意，好朋友一定能了解。

訣竅2 投其所好很重要

平時可以仔細觀察，看看朋友喜歡什麼，只要用心觀察，絕對能找到朋友喜歡的禮物，因為用心，讓你的禮物更有意義！

送禮物學問大，就看你怎麼送，送什麼！送對禮物，友情可以變得更好；送錯禮物，可能會吵架喔！

訣竅3 禮物不一定要花錢買

好朋友最重要的是心意。送鮮花，不如陪他玩遊戲。送蛋糕，不如好好寫張卡片。花大錢買娃娃，說不定朋友只想和你玩桌遊。只要用心想，禮物真的不用花錢買！

楊潔心經常戴髮夾，愛米莉去她家時，可以帶什麼禮物呢？

❶ 送她一副象棋，再陪她玩幾盤棋。

❷ 送她一盒小蛋糕，一邊聊天一邊吃點心。

❸ 送她一盒彩色筆，和她一起畫畫。

❹ 送她一顆籃球，邀她一起去院子玩。

原因：______

______

喜歡運動的何必馬，常常帶點心跟同學分享，愛米莉該送他什麼呢？

❶ 送他一張自己最喜歡的貼紙。

❷ 送他一包自己最愛的餅乾。

❸ 送他一盒彩色筆，和他一起畫畫。

❹ 送他一本自己最喜歡的書。

原因：______

______

一起來練習：該送什麼禮呢？

愛米莉遇到下面這四種狀況，唉呀，她有點煩惱，該送什麼禮物給朋友呢？請你幫幫她的忙，並說一說你的原因。

喜歡運動的魯佳佳，生日快到了，該送什麼禮物呢？

❶ 送她一顆足球，陪她玩一下午的球。

❷ 送她一盒彩色筆，陪她一起畫畫。

❸ 送她一個杯子，讓她多喝水多休息。

❹ 送她一副跳棋，再陪她玩幾盤棋。

原因：________________

____

愛思考的趙想想生病了，愛米莉該帶什麼去探病呢？

❶ 送他一盒餅乾，兩個人一起吃。

❷ 送他一顆足球，陪他玩一下午。

❸ 送他一盒彩色筆，和他一起畫畫。

❹ 送他一本謎語書，再帶幾顆蘋果。

原因：________________

____

3 原來是這樣！

練舞室有一整面大鏡子，鯊魚老師讓我們一邊跳舞，一邊看著鏡子，他說這樣才知道自己跳得好不好。

我和楊潔心很認真的對著鏡子練習，還發現我們兩個

一樣高，頭髮也一樣長。

「你要不要跟我綁一樣的辮子？」楊潔心問我。

「怎麼綁？」我的頭髮都是媽媽綁的。

「我幫你，我會！」

我坐在地上，讓楊潔心幫我綁，她說每天早上她都會幫幼兒園的妹妹綁頭髮。

辮子綁好了，我們手牽手出去，大家都說好看。魯佳佳說她也是好朋友，也要一起綁。

她的頭髮比較短，楊潔心幫她綁另外一種辮子髮型。我在旁邊學，覺得自己也會綁頭髮了，不難啊。

「我們是辮子好姐妹。」

魯佳佳說。

「要做永遠的好朋友。」

我說完，和她們手拉手去操場。

操場上，大家在踢足球。

何必馬一直沒踢進球門，我們叫他踢準一點，他就很生氣，要我們下去踢。

我不會踢足球。

魯佳佳在我耳邊說：「告訴你一個祕密，只要把腳舉高一點，用力踢出去就可以了。」

「這麼簡單？」我問。

她眨眨眼，要我不能說出去。

我們女生跟他們男生踢球。

魯佳佳跑得好快，我和楊潔心都追不上，但是男生也追不到她，結果她真的把球踢進去了。

魯佳佳又跑過來，說：

「把腳舉高，用力踢！」

原來是這樣，我照著她的話做，真的把球踢進去了。

何必馬說不是魯佳佳踢得好，是趙想想沒有守好球門。

「不然，我們怎麼會輸給你們。」何必馬氣呼呼的。

趙想想委屈的哭了，而且哭得很大聲，連鯊魚老師都不知道該怎麼辦。

我知道怎麼安慰趙想想。

我走過去，拍拍他的背，跟他說：「沒事、沒事，下一次再好好踢！」

哭聲漸漸變小了，趙想想慢慢不哭了。

楊潔心誇我好厲害，她要學起來，因為她的妹妹也常常哭，每次她都不知道怎麼辦。

我跟她說：「不難啊，你就拍拍她的背，告訴她『沒事啊，沒事啊』，她就真的沒事了。」

「這麼簡單啊？」楊潔心問。

「不然，如果等一下有人哭了，你也去練習一下。」

我們兩個一直等、一直等，等到放學都沒有人哭。好可惜，不然楊潔心就能練習了。

朋友之間可以互相學習。每個人都有自己厲害的地方，你可以學習好朋友的優點，好朋友也可以學到你最擅長的事情！

訣竅1 向朋友請教不懂的地方

沒學過的事，不會很正常！就算是學過的事情，也可能沒有完全弄懂。只要誠心向人請教，再多練習，你也會是厲害的高手。

訣竅2 教朋友自己擅長的事

教別人就是讓自己再複習一次，你的能力會變得更好，朋友也能進步。這種助人也助己的事，最棒了！

訣竅3 大家一起好

向別人請教，不是你比較弱，只是這件事剛好你不會。同樣的，你教別人，不是你比他強，只是剛好這件事他不會。互相學習，大家就能一起進步，一起更好！

每個人都有需要幫助的時候，
有能力幫助別人是很棒的事，
還能讓自己更進步喔！

可以教我這題嗎？
我才不要教他，他應該要自己想辦法。
我想教他，讓他跟我一樣好。
教別人很浪費時間耶。
我教他，自己也會進步。

一起來練習：該怎麼做呢？

我們沒辦法什麼事都會做，遇到不會的事，就誠心請教，別人一定很樂意教你。剛學會的事，只要多練習幾次，就會越來越好。等你學會了，也可以教別人，大家一起練習，就能一起變好。

那麼，遇到下面的情況時，你可以怎麼做呢？

4 不聽話的尾巴

一上課，鯊魚老師要我們換上校慶表演的服裝，並穿著表演服練習。

我和楊潔心穿好天使魚的裙子後，兩個人對著鏡子一直照。我們是愛笑的天使魚。

魯佳佳是章魚妹妹，趙想想是海馬。何必馬是魟魚，他一邊假裝在海裡游，一邊大喊：「魟魚來了，快閃開。」

魟魚的身體很大，尾巴很長。

何必馬一轉身，唉呀，

甩到我了，好痛喔！

「何必馬，你要說對不起！」魯佳佳喊他。

「對不起，我不是故意的！」何必馬雖然這樣說，但沒多久，他的尾巴又打到楊潔心，楊潔心的腿都紅了。

我們跟鯊魚老師說，何必馬故意用尾巴甩人。

鯊魚老師要他小心一點。

何必馬聽了嗎？

沒有，他的尾巴還是到處亂甩，我們都在喊：「小心、小心，何必馬來了！」

怎麼辦呢？

魯佳佳說她不怕，如果何必馬來了，她就用章魚腳把他捲起來。

我和楊潔心想到好方法，我們背靠著背，一看到魟魚就趕快跑。

其他同學也互相提醒：魟魚來了，魟魚來了。

鯊魚老師暫停音樂，要大家停止。

他搖搖頭：「我們跳的是海底嘉年華，不是海底躲貓貓！」

「不是躲貓貓，是躲魟魚啦！」魯佳佳說。

又不能跑，又不想被打到。

我看看何必馬，問題都出在他身上。

楊潔心說，問題不在他身上，是在他的尾巴上啦。

大家都看著何必馬。他的尾巴太長，只要一轉身，就會打到人。

何必馬也看著大家，搖手大叫：「不要過來，不准動我的尾巴。」

「可是你的尾巴不乖。」大家你一言我一語，「讓它聽話就好了！」

我看看楊潔心，想到一個好方法。

魟魚服是學校借的，不能把尾巴割下來，但楊潔心會綁頭髮，只要把尾巴像綁頭髮一樣，綁起來就好了。

鯊魚老師讓楊潔心把魟魚尾巴綁在何必馬的手上，還打了一個漂亮的結。

現在，何必馬的手往上抬，尾巴就舉起來；何必馬往前指，尾巴就跟著伸出去。

何必馬的尾巴會聽話了，他很開心，我們也很開心。終於不用怕被尾巴甩到，可以安心跳海底嘉年華舞會了！

遇到問題時，一個人可以解決很棒，但如果有許多人跟你同心協力解決，更棒！

大家決定要在班上養金魚，
可是，好像遇到了困難？
飼料

訣竅1 一起找出問題

遇到困難的第一步，就是共同找出「問題」在哪裡，大家要先平心靜氣講出自己的想法和看法，才能一起克服它。

注意聽別人的看法和想法

解決問題時，要專心聽別人的意見，仔細聽別人說話，別人也才會願意聽你說話。

訣竅3 一起找出好方法

弄清問題後，大家動動腦，多想幾個辦法，再從這些方法裡，選出一個最好的作法。

意見不同沒關係，大家可以一起想辦法。
班上的問題需要大家一起討論。

一起來練習：找問題，想方法

園遊會要來了，大家在討論當天攤位上可以販賣的品項，但怎麼討論都沒有結果，該怎麼辦呢？

要認真參與討論，不要搗亂。
每個人都有發言的權利，一個人說完再換下一個。

5 吵架桌

我不要跟楊潔心好了！她說我穿的花花裙子，很像她阿嬤。

「我哪裡像阿嬤？」

「真的很像我阿嬤啊！」

我很生氣，說她才像一顆老、冬、瓜。

楊潔心聽了，說她再也不跟我好了。

哼，不好就不好！誰要跟她好！

人家的洋裝是媽媽買給我的生日禮物，怎麼會像阿嬤。

阿嬤很老耶！

練習校慶舞蹈的時候，我也不跟楊潔心手牽手跳舞。

鯊魚老師很快就發現了，他問：「兩隻天使魚怎麼了？你們快把手牽好，要轉一圈，然後跟觀眾微笑、鞠躬，你們之前都跳得很好啊。」

「哼！我不要跟她手牽手。」我說。

「我也不要跟她手牽手。」楊潔心也說。

鯊魚老師眼睛瞪得好大，「哇，你們吵架了？」

哼！我轉過去，不看她。

哼！她也轉過去，不看我。

鯊魚老師搬出一張小桌子，要我跟楊潔心面對面坐下。

「這要做什麼？」魯佳佳問。

「吵架桌，讓她們把架吵完。」

魯佳佳說，她每次跟人家吵架，媽媽都說不要吵，吵架不會有好結果。

鯊魚老師卻說：「在甘丹小學，有架就是要吵清楚。來，你們好好把架吵完。」

FIGHT

大家都去練習，只剩下我們兩個人，誰也不看誰。

過了很久，我說你先說，她說你先說，我說你先說，她就說：

「你說我像老冬瓜，我不喜歡吃冬瓜。」

「是你先說我像老阿嬤啊！我的衣服明明很漂亮。」

「我的阿嬤很漂亮啊，她常常穿漂亮的衣服啊！」

我看著她，她也看著我，她還說：「真的，我阿嬤每次都穿很漂亮的衣服。」

我臉紅了，「對不起，我沒弄清楚你的意思，就罵你冬瓜。」

「我也要說對不起，是我沒有把話講清楚。」楊潔心的臉也紅了。

下課的時候，魯佳佳跑過來，看到我和楊潔心手牽著手。

「你們吵完了？」

我們點點頭。

鯊魚老師說：「好啦，她們吵完了。還有誰想吵架？在甘丹小學，有架都要吵清楚。」

「如果吵不清楚呢？」魯佳佳問。

「那就一直吵下去啊！」

鯊魚老師朝我們眨了眨眼。

我才不要一直吵一直吵，害我的練習時間都沒了。下次又要吵架的時候，一定要先把話說清楚。

再好的朋友都還是會吵架，怎麼辦呢？是吵得越大聲越好，還是走得遠遠的就好？吵架是有學問的，快一起來學習吧！

吵架了，怎麼辦？

唉呀，有人惹了你，讓你很生氣，看來你們就要大吵一架了。

我很生氣，因為何必馬突然凶我。
我不開心，因為楊潔心拿了我的彩色筆。

快吵架了：

深呼吸，默數十秒鐘，把想講的話想一遍，再好好和對方講清楚。

良好溝通，不吵架了：

靜下心來，好好表達自己的感覺跟想法，互相理解之後，就不需要吵架了。

如果真的吵架了，怎麼辦？

如果真的吵架了：

絕對不能動手動腳打人，如果對方無法溝通，開始大吼大叫，好像要打人了，就趕快離開，找大人協助評評理。

吵完了以後：

如果是你錯了，一定要真心誠意主動道歉。向人道歉，是很勇敢的事喔！如果對方向你道歉，就對他說沒關係，原諒別人是很好的品德，大家都還是好朋友！

吵架不是罵人大會，是為了搞懂發生什麼事，所以要好好把事講清楚。仔細想一想，你們是為了什麼事情吵架，再把那件事好好說清楚講明白。

6 魯佳佳沒來學校

魯佳佳今天沒來學校，鯊魚老師告訴我們，魯佳佳上學時被腳踏車撞到，剛剛才從醫院回家。

「很嚴重嗎？」我們都很著急。

「我來問問魯爸爸，看看能不能讓你們用視訊通話。」

視訊通了，沒看到人，我們只聽到魯佳佳的聲音。

「我受傷了啦，不想讓你們看到啦！」

「為什麼？」

「我的下巴不能給你們看啦。」

我大叫：「魯佳佳，你趕快好起來。」

「好啦！」

她還是不給我們看。

上課的時候，魯佳佳的位置空空的。

下課的時候，教室沒有她的笑聲。她不在，我的心好像也空空的。

練舞的時候，少了魯佳佳的章魚妹妹，練舞室好像變大了。

鯊魚老師讓我們寫卡片給魯佳佳，楊潔心畫了一個大愛心，裡頭有我們三

個人。我在卡片上祝她趕快好起來，我還告訴她，你沒來學校，學校很想你，我們等你一起溜滑梯。

魯佳佳的家離學校不遠，只隔兩條街。我和楊潔心想去看她，何必馬說他也要去。

鯊魚老師幫我們打電話，讓我們問魯佳佳：「我們去看你，好不好？」

「好啊，我好無聊，你們趕快來！」

鯊魚老師帶我們去魯佳佳家，

她在樓上聽到我們的聲音，說：「你們快上來，只有何必馬不能上來。」

何必馬問：「為什麼？」

魯佳佳在樓上大叫：「人家下巴醜醜的，你不能看！」

魯佳佳坐在床上，下巴有繃帶，但看起來精神很好。

她說整天坐在床上很無聊，還說她天不怕地不怕，最怕的就是無聊。

媽媽教過我，探病要讓病人開心，所以我講了學校發生的事，魯佳佳聽完後說：「你們

不用怕男生，等我回學校，我再跟他們比賽跑。」

鯊魚老師聽了很緊張：「你的病剛好，千萬不要急著跑。」

魯媽媽幫我們準備餅乾、切了水果，還泡了奶茶。我們顧著和魯佳佳說話，來不及吃東西，在客廳的何必馬竟然全吃光了，他還說：「下次我生病的話，我想吃……」

老師急忙跟他說：「千萬別這麼說，沒人想生病。」

「對對對，我不應該這麼說。」何必馬吃掉最後一塊餅乾，「那下次魯佳佳再……」

鯊魚老師摀住他的嘴巴：「這句也不好，你應該祝她早日康復，早點回學校！」

訣竅1 特別的事件

好朋友生日，或是有特別的節日時，可以寫張卡片祝賀；好朋友生病或遇到難過的事，也可以寫卡片安慰或鼓勵他。卡片雖然小，卻能帶給人溫暖的力量喔！

有些特別的場合，可以讓我們把對朋友的祝福或感謝說出來。不僅能讓朋友開心，也能讓友情變得更穩固，我們可以怎麼做呢？

訣竅2 選對禮物很重要

參加朋友的慶生會，或是去朋友家探病，該送什麼呢？禮物好壞不在價錢，如果多花點心思想想，或跟父母討論，你送的禮一定會受到喜歡。

❷ 朋友生病了， 我會跟她說：

❸ 朋友考試沒考好， 我會說：

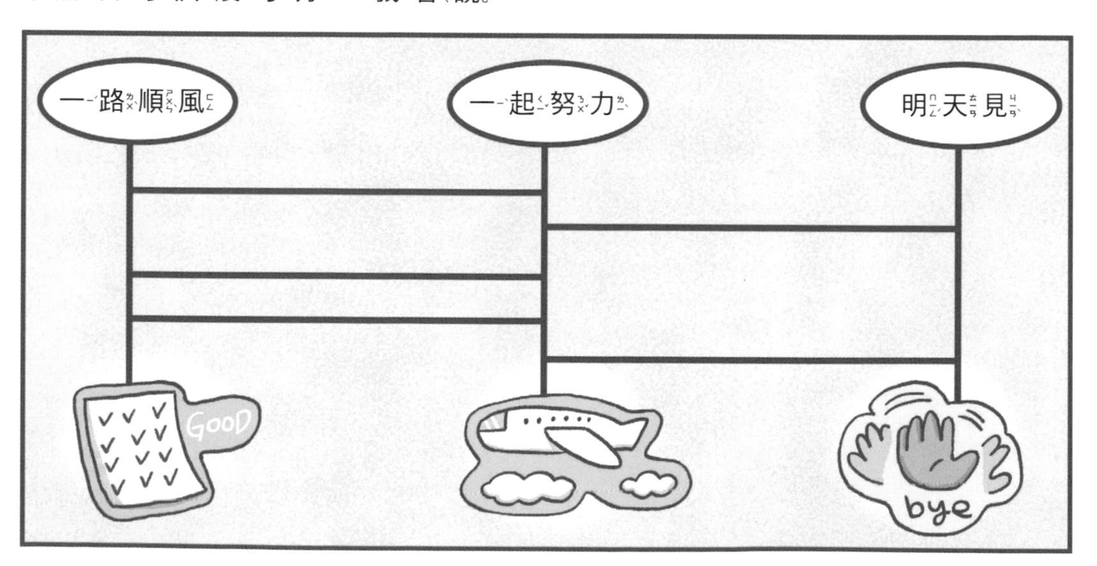

一起來練習：適合的話大考驗

別人獲得好成績時，要祝賀他；別人難過時，要安慰他。不同的狀況會說不一樣的話喔！請你在下列的狀況中，挑出最適合的話，並從那句話往下走，遇到線就轉彎。最後，再看看那句話會對應到哪張圖，是不是符合情境呢？

❶ 朋友生日時，我可以說：

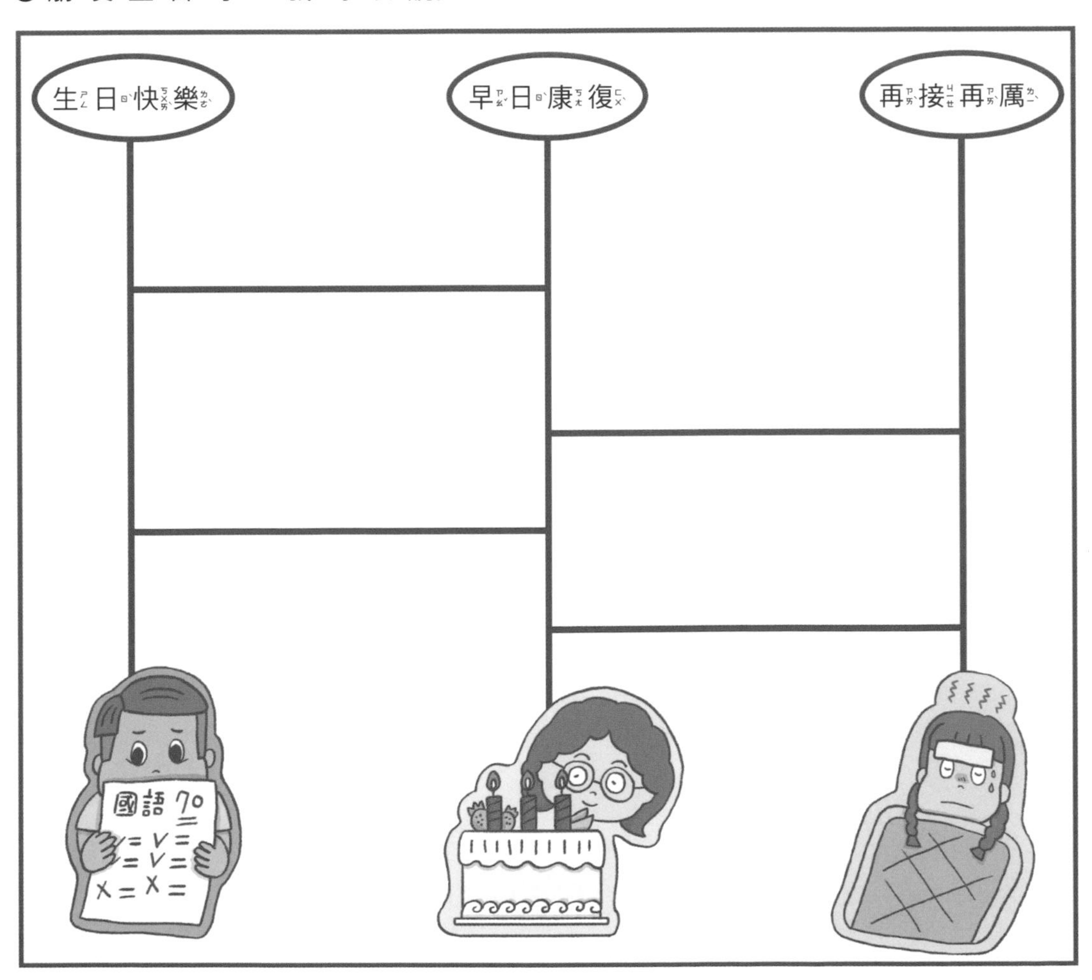

7 畫指甲

下課的時候，楊潔心找我出去，她手裡捧著一盒餅乾，走出去我才知道，那是畫指甲的彩繪箱。

我記得鯊魚老師說過：「學校是讀書的地方，不能帶玩具來學校。」

「這不是玩具。校慶要跳舞，我們得練習在指甲上畫畫，跳起來才好看啊。」楊潔心說。

「可是老師說不可以帶……」

「你如果不跟老師說，老師就不知道了啊！愛米莉，我們去練習。」

我們走到廁所後面，楊潔心才把箱子打開。我問：「在這裡畫指甲，被老師看到怎麼辦？」

「老師不會來這裡啦！」

「可是快上課了。」

「這節是大下課，時間很多啊。」

楊潔心正要幫我畫指甲時，魯佳佳也跑來了。

她看到那些顏料，大叫：「鯊魚老師說不可以帶玩具來。」

我們正要解釋，她就拿起一枝筆：「我也要玩！」

她們先幫我畫指甲。

我一直提醒她們：「我們不應該在學校玩玩具，學生是來學習的。」

「畫指甲也是一種學習。」

楊潔心在我右手指甲上畫，魯佳佳畫左手。

楊潔心畫的是愛心，魯佳佳幫我畫了一朵花。

魯佳佳邊畫邊說：「校慶那天，你就會是最美麗的天使魚。」

楊潔心吹一吹我的指甲：「沒錯，因為我們練習過了。」

「換我了！」

魯佳佳把手伸出來。我們幫她畫的時候，她一直笑，手指動來動去。

「你這樣我會畫不好……唉呀！」

我幫她畫的小鴨子，變成一隻長頸鹿，楊潔心畫的瓢蟲也變胖了。

「我的腳也要。」佳佳把襪子脫下來：

「每一隻都要。」

我跟她說：「校慶的時候，沒人會看到你的腳啊。」

「別人看不到，但是我回家看得到啊。」

畫到第三隻腳指甲的時候，鐘聲響了。

「大下課的時間怎麼那麼短？」楊潔心問。

魯佳佳提著鞋子開始跑，她跑得很快，我們想叫她慢一點都來不及。

一進教室，大家都看到了，魯佳佳的腳指甲畫了圖，帶彩繪指甲組的是楊潔心。

鯊魚老師搖搖頭，決定處罰我們：「一人幫我畫一隻腳指甲！」

我說：「我早就跟她們說，不要在學校玩玩具啊，她們都不聽！」

「既然你知道不對，就要勇敢說不啊！」鯊魚老師說完，真的把腳伸過來。

「天啊！」

好朋友在一起，應該是互相學習變成更好的人，這是交朋友的好處。可是如果朋友找你做不對的事，要怎麼辦呢？

訣竅1 勇敢說不

有些事，你明明知道不對，像是罵人、欺負人，可是朋友卻找你去做，這時候就要勇敢說不，因為那是不對的事，你不想這麼做。

訣竅2 溫和拒絕

你可以把大人或老師抬出來：「老師說不能做這種事！」如果朋友一直找你做「不該做」的事，這就不是好朋友，你可以去找別人玩。

訣竅3 用好事代替

朋友要你去欺負人，你可以勸他做別的事。用好事代替不對的事，才是好孩子該做的事！

如果可以，就幫助同學一下吧！
自己的作業要自己做喔！

一起來練習：該怎麼做才對呢？

上課鐘聲響了，該回教室上課了，奇怪，怎麼還有同學在遊樂場玩，還有同學拉你再多玩一下，你會怎麼做呢？

8 海底嘉年華

校慶那天，爸爸媽媽在操場旁跟我揮手，我嚇得吐舌頭。楊潔心的阿嬤也來了，楊阿嬤好漂亮，還拿手機幫我們拍照。楊潔心說她也很害怕，讓我摸摸她的手。

哇，好冰！

鯊魚老師要我們想想平常練習的樣子，還問我們，上場害怕時，怎麼辦？

我記得，鯊魚老師教過，如果害怕，就深呼吸，告訴自己不用怕，有很多同學陪我一起跳舞。

表演快開始的時候，趙想想站在入口，一動也不動。

鯊魚老師沒教過，有人不敢上場時，要怎麼辦？

魯佳佳問趙想想，是不是不敢出去跳舞，他點點頭。魯佳佳跟他說，出去之

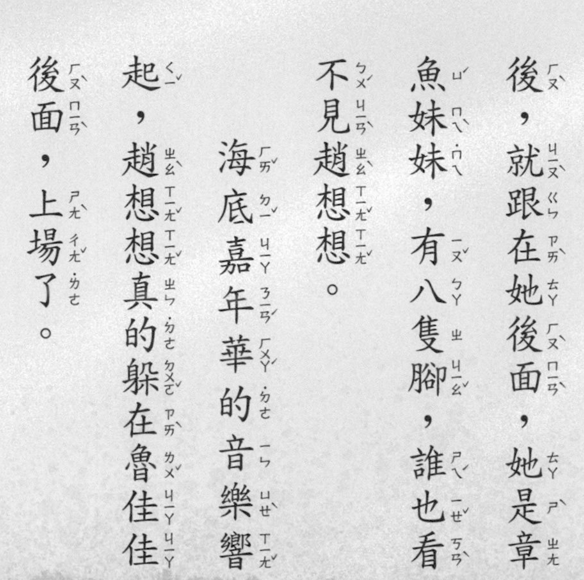

後，就跟在她後面，她是章魚妹妹，有八隻腳，誰也看不見趙想想。

海底嘉年華的音樂響起，趙想想真的躲在魯佳佳後面，上場了。

海底小動物，
在海洋深處跳跳舞。
長長的隊伍，隨著水流，
擺動輕快舞步……

這裡要往右邊轉——我一轉過去，啪的一聲，有東西打到我的臉。

好痛！

是何必馬！他的尾巴本來用繩子綁在手上，繩子卻在這時斷掉了，尾巴甩來甩去，很多人都被打到了。

我們的舞蹈……

大家都還在跳，被打到的人都沒有亂跑，隊伍沒有亂掉。

「對不起，對不起！」何必馬小聲說。

他想把尾巴拉好，但尾巴還是一直滑掉。

那條尾巴不聽話，打到楊潔心，又打到魯佳佳。

還好有一隻手，把那條尾巴緊緊抓住了。

我們都想不到，竟然是趙想想。

不知道什麼時候，趙想想竟然勇敢的抓住何必馬的尾巴。

表演結束了，大家都在鼓掌，鯊魚老師衝過來說，我們是跳舞跳得最好看的一班。

鯊魚老師說，何必馬尾巴亂甩的時候，他在場外擔心死了。

「我被甩到了，但是我沒哭。」我說。

「我還繼續跳。」楊潔心也說。

「你們都很勇敢。」老師笑著說。

「還有趙想想，他幫忙抓住尾巴。」我說完，趙想想的臉也紅了。

「因為大家一起合作，才會有這麼好看的表演。」鯊魚老師給我

們看他錄下的影片。

我們跳得真不錯，和同學一起合作的感覺，真好！

甘丹小學新生手冊

2-8 合作完成好事

一群人力量大，如果團結起來，可以做一件大大的好事。和好朋友一起做好事，是很快樂的事。想一想，要怎麼跟好朋友一起做好事呢？

訣竅1 討論和分配工作

不管大事小事，做事之前，最好先討論一下，每個人都提出意見。一群人動動腦，才容易找出最好的方法。

訣竅2 依照特長分配工作

分配工作不簡單，要讓大家的工作量差不多，還要考慮同學的特長與意願，如果分配得好，大家都會開心，也能很快把事情做完！

訣竅3 做好自己的事

工作分配完，只要人人做好自己的事，就能把一件大事完成，像是大家能一起又快又好的打掃好教室，這就是「分工合作」的力量喔！

訣竅4 互相幫助

雖然大家都要做好自己的事，但有些事比較困難，也有人動作比較慢。如果你的事情做好了，可以去幫幫其他人。幫助別人是很棒的事，就像超人一樣喔！

如果你的事比較多比較難，會不會想要別人來幫忙？幫助別人，自己會很快樂，而接受別人幫助，也要謝謝別人喔！

要認真打掃，現在可不是看書時間喔！
大家分工合作，一定很快就能完成。

一起來練習：該怎麼做才對呢？

一學期一次的同樂會結束了，要把教室恢復成原來的樣子，大家一起分工合作吧！咦，怎麼有人在搗亂？你可以幫忙找出來，並勸勸他們嗎？

甘丹小學新生任務❷
愛米莉交朋友 社交力

國家圖書館出版品預行編目資料

甘丹小學新生任務②愛米莉交朋友：社交力/
王文華 文；奧黛莉圓 圖. -- 第一版. -- 臺北市：
親子天下股份有限公司, 2023.09
117面；17x21公分
ISBN 978-626-305-568-1（平裝）
863.596　　112013182

文｜王文華
圖｜奧黛莉圓

知識審定｜李盈穎
責任編輯｜謝宗穎
美術設計｜陳珮甄
行銷企劃｜翁郁涵

天下雜誌群創辦人｜殷允芃
董事長兼執行長｜何琦瑜
媒體暨產品事業群
總經理｜游玉雪
副總經理｜林彥傑
總編輯｜林欣靜
行銷總監｜林育菁
副總監｜蔡忠琦
版權主任｜何晨瑋、黃微真

出版者｜親子天下股份有限公司
地址｜台北市 104 建國北路一段 96 號 4 樓
電話｜（02）2509-2800　傳真｜（02）2509-2462
網址｜ www.parenting.com.tw
讀者服務專線｜（02）2662-0332　週一～週五：09:00~17:30
傳真｜（02）2662-6048　客服信箱｜ parenting@cw.com.tw
法律顧問｜台英國際商務法律事務所・羅明通律師
總經銷｜大和圖書有限公司　電話：（02）8990-2588

出版日期｜ 2023 年 9 月第一版第一次印行
2024 年 5 月第一版第二次印行
定價｜ 320 元
書號｜ BKKCB003P
ISBN ｜ 978-626-305-568-1（平裝）